Original title: Brosse et Savon

Text and illustrations by Alan Mets ©2003, l'école des loisirs, Paris

Published by arrangement through Dakai - L'agence

Simplified Chinese translation copyright ©2021 by Beijing Science and Technology Publishing Co., Ltd.

著作权合同登记号 图字：01–2020–6520

图书在版编目（CIP）数据

不爱洗澡捣蛋团 / (法) 阿兰·麦特著；程慈航译. —北京 ： 北京科学技术出版社, 2021.1
（挖鼻孔的大英雄系列）
ISBN 978–7–5714–1181–7

Ⅰ. ①不… Ⅱ. ①阿… ②程… Ⅲ. ①儿童故事—图画故事—法国—现代 Ⅳ. ①I565.85

中国版本图书馆CIP数据核字(2020)第208058号

策划编辑：程慈航	电　话：0086–10–66135495（总编室）		
责任编辑：吴佳慧	0086–10–66113227（发行部）		
封面设计：百色书香	网　址：www.bkydw.cn		
图文制作：百色书香	印　刷：北京盛通印刷股份有限公司		
责任印制：李　茗	开　本：787mm×1092mm　1/16		
出版人：曾庆宇	字　数：28千字		
出版发行：北京科学技术出版社	印　张：2.25		
社　址：北京西直门南大街16号	版　次：2021年1月第1版		
邮政编码：100035	印　次：2021年1月第1次印刷		
ISBN 978–7–5714–1181–7			

定　价：39.00元

不爱洗澡捣蛋团

〔法〕阿兰·麦特 著　程慈航 译

北京科学技术出版社

今天真是太热了，吉尔离开家准备去游个泳。

上午的天气好极了，于勒奔向河边。

扑通！

"好舒服！"吉尔说。

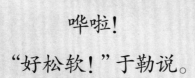

哗啦!

"好松软!"于勒说。

"浮在水面上感觉真棒！"吉尔满意极了。

"小睡一下肯定很舒服!"说完,于勒就睡着了。

"晒个日光浴吧。"吉尔半打着哈欠说。

"呼噜噜……呼噜噜……"于勒睡得很香。

"讨厌的噪声制造机!"吉尔低声抱怨,

"简直让人没法睡。"

"呼噜噜……呼噜噜……"于勒的呼噜一声接着一声。

"恶心的气味!脏兮兮的蠢货!快给我闭嘴!"

"呼噜噜……呼噜噜……"呼噜一声高过一声。

"别打呼噜了！"吉尔怒吼道。

"你是不是想挨揍?！"于勒恶狠狠地问。

"闭嘴，可恶的臭怪物！"吉尔说，"去洗个澡吧！"

"可恶的臭怪物？我？"于勒撇撇嘴冷笑道，
"可怜的小狼崽，去吧，送你去洗澡！"

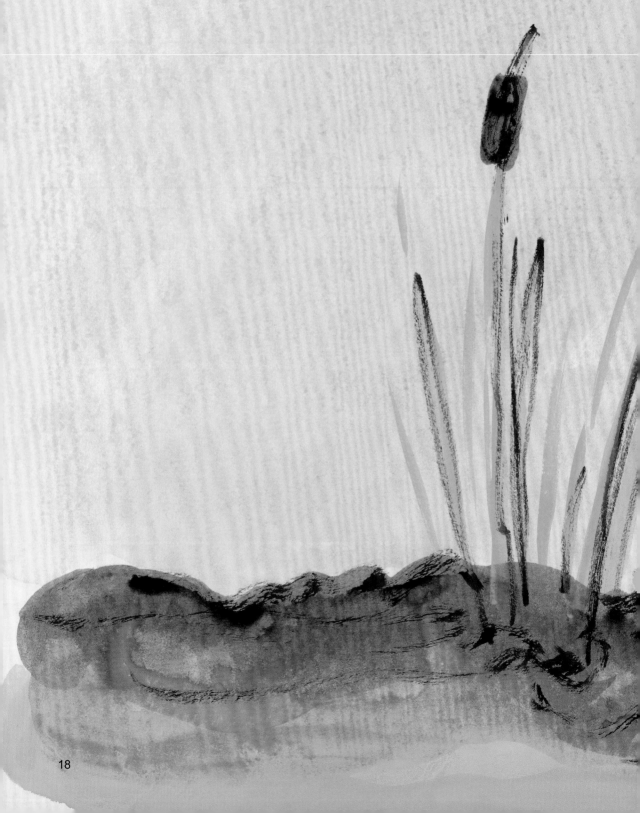

"嘘！我听到女孩子的声音了！"吉尔说。

"快，快藏起来！"于勒说。

"是我姐姐！"吉尔小声说。

"还有我姐姐！"于勒小声说。

"呼哈！我是超级可怕臭怪物！"
"啊哈！我是宇宙无敌大恶狼！"

"天哪！这两个讨人厌的脏家伙！"吉尔的爸爸吼道。

"办法只有一个，刷子和香皂伺候！"于勒的爸爸应道。

"哈哈哈！我喜欢他们身上的香皂味！"于勒的姐姐说。

"嘻嘻嘻！我喜欢笑话不爱干净的男孩子！"吉尔的姐姐说。